10/21

Tadpole Books are published by Jump!, 5357 Penn Avenue South, Minneapolis, MN 55419, www.jumplibrary.com

Copyright ©2022 Jump. International copyright reserved in all countries. No part of this book may be reproduced in any form without written permission from the publisher.

Editor: Jenna Gleisner   Designer: Molly Ballanger   Translator: Annette Granat

Photo Credits: Noam Armonn/Dreamstime, cover; Africa Studio/Shutterstock, 1; 2tl, 2tr, 10–11 (right), 12–13; kali9/iStock, 3; chameleonseye/iStock, 2ml, 2br, 4–5; Jupiterimages/Getty, 2mr, 6–7; Leland Bobbe/Getty, 2bl, 8–9; lisa-skvo/Shutterstock, 10–11 (left); Katrina Wittkamp/Getty, 14–15; Golden Pixels LLC/Shutterstock, 16.

Library of Congress Cataloging-in-Publication Data

Names: Zimmerman, Adeline J., author.
Title: Janucá / Adeline J. Zimmerman.
Other titles: Hanukkah. Spanish
Description: Minneapolis: Jump!, Inc., 2022. | Series: ¡festividades! | Includes index. | Audience: Ages 3–6
Identifiers: LCCN 2021007208 (print)
LCCN 2021007209 (ebook)
ISBN 9781636901442 (hardcover)
ISBN 9781636901459 (paperback)
ISBN 9781636901466 (ebook)
Subjects: LCSH: Hanukkah—Juvenile literature.
Classification: LCC BM695.H3 Z55818 2022 (print) | LCC BM695.H3 (ebook) | DDC 394.267—dc23

¡FESTIVIDADES!

JANUCÁ

por Adeline J. Zimmerman

TABLA DE CONTENIDO

tadpole
en español

PALABRAS A SABER

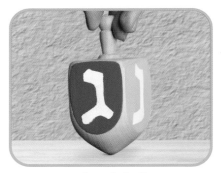

dreidel

dulces

menorá

prendemos

regalos

velas

JANUCÁ

¡Llegó Janucá!

menorá

Esta es una menorá.

vela

Ella contiene velas.

Janucá dura ocho días.

Nosotros prendemos una vela cada día.

Recibimos regalos.

monedas de chocolate

Comemos dulces.

Jugamos.

dreidel

Este es un dreidel.

¡Lo giramos!

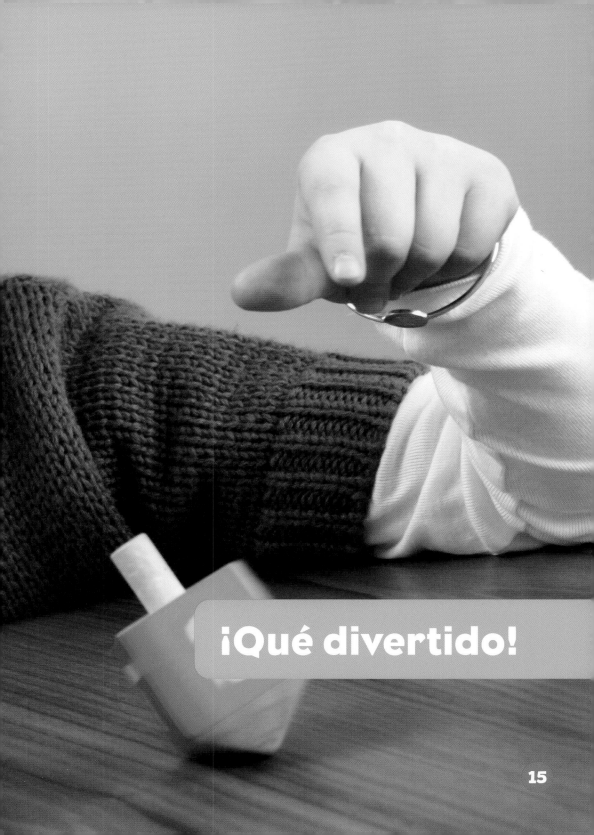

¡Qué divertido!

¡REPASEMOS!

Una festividad es un día o un momento especial que la gente celebra. ¿Cómo celebra esta familia?

ÍNDICE